나를 지나면 슬픔의 도시가 있고
이동욱 시집

문학동네시인선 164 이동욱

나를 지나면 슬픔의 도시가 있고

시인의 말

어느 날 나는 언어와 커피를 마셨다.

마주앉은 그는
이제 막 긴 여행을 마친 후였다.

테이블에 물방울이 떨어져 있었다.

나는 들떠 있었고, 그는 어딘가 달라 보였다.

기다리는 사람으로서, 나는
냅킨 한 장을 들어 물방울 위에 얹었다.

그는 손가락을 들어
한 줄씩 나를 지우기 시작했다.

2021년 10월
이동욱

차례

1부
우리는 서로 마음에 든다

꽃을 키우는 내성

때로는 짐작보다 가까운 곳에서
물을 담은 병이 쓰러진다

침대에 누워 있는 동안 같은 장면이 반복된다

외부로 나온 물은 곧 방향을 결정한다
바닥을 적시며
다른 바닥을 만든다
사람들이 피해간다
물은 계속해서 흘러나온다
내겐 잠이 오지 않는다

낮에는 몇 개의 알약을 처방받았다
몸을 한 번 뒤척이는 순간
중얼거리며 물은
내게 조금 더 가까워진다
저장된 일상을 적신다
기억 위로 알약이 떨어지면
꽃이 핀다
나는 그중에서 아는 꽃을 꺾는다
끊어진 자리가 환하다
금방 다른 꽃이 필 것 같다

쓰러진 병에서 계속 물이 나온다
빠져나온 물의 양만큼
내 몸의 공기가
자진해서 병 속으로 들어간다

준비물

집으로 돌아와
우산을 펼쳐놓았다
방안에 작은 공간이 생겼다
누군가 찾아올 것처럼,

바닥으로 고이는 빗물과 너는
밖에서 온 것들
우리는 몇 개의 표정으로
장미가 넘치는 담장을 지나고 있었을까
찻잔이 받아들이는 차가운 소리였을까

너는 우산을 쓰고 방에 앉아 있다
내가 일어나자
우산은 살을 접어 네 몸을 덮는다

곧 가을이 되었고
오랫동안 나는
두 손을 주머니에 넣고
걸어다녔다

포스트잇

달빛 아래 목련이다

목덜미가 서늘해지도록
맨살에 새로 산 셔츠를 입은 봄밤이다

바닥에 떨어진 목련이다
목련을 물고 있는 가로등이다

내게 아직
허기진 빛이 있어
미신처럼
나를 두고
머리를 꼬며
외로 떨어지는
목련이다

그 위로
발을 붙였다 뗀다

바이러스

누군가 강물 속으로 돌을 던진다
물살은 남김없이 이물질을 껴안는다
움직이지 못하게 돌을 품어
강의 굴곡은 이토록 소란하다

며칠째 물속에 누워
돌이 풀리는 소리를 듣는다

나는 관계에서 떨어져 딱딱해진다
그동안 사람들은
몇 개의 감정을 더 포기할지 모른다

벽에 걸린 시계를 쳐다본다
가윗소리가 내 몸을 지나간다

햇빛이 들지 않는 이 방에서
나는 실루엣처럼 수척해질 것이다

새들이 가로수마다
숯불 같은 꽃을 놓고 있다

꽃물이 밴 입술을 두고
환절기를 빠져나간다

앵무새와 나는

연민을 안고 있으면 내가 먼저 차가워지네

상상하면 이루어지는,
무서운 꿈을 꾸었지

유리문에 손바닥을 남겨두고 네가 사라지면 우리는 회전
하겠지 돌면서 자라겠지 막다른 골목은 혼잣말이 돌아나오
는 곳 숨이 짧은 사람의 얼굴과 목젖을 지나 한 걸음, 두 걸
음 생각하는 목소리마다 새를 토해냈네

창밖으로 길게, 하늘로 자라는 식물처럼 환하게 몸을 내
밀었네 내려앉는 새에게 기꺼이 어깨를 빌려주려고

새는 나와
인간의 성대가 기억하는 짧은 입맞춤을 나눴다

프레임, 프레임

그림을 거부한 다음부터
내 침묵은 빈 공간을 순례한다

이곳은 면도날에서 떨어지는 물방울을 닮아간다 관자놀
이를 눌러 생각을 키울 때 몰두한다는 것은 먹이를 향한 조
용한 응시라는 것을 알았다 얼굴이 표정을 풀고 반죽처럼
차분해진다 상처가 닳아 소리가 되는 밤 누군가 눈 밑에 소
금을 넣고 흔들어댄다

물감은 팔짱을 풀어 다른 색을 껴안는다
바닥에 닿는 물방울은 몸을 떨었다

시선이 닿았던 자리를 하나씩 모은다

각도와의 조용한 생활이 시작된다

장미의 이름으로

지금 돌아서는 황소의 각막으로
저 꽃은 투쟁이다

온몸이 피의 육질로 덮일수록
함성은
두터운 벨벳처럼 내려앉는다

거미의 집에는 창이 많다

전선 위의 거미는 강박을 탐구하는 자세와 닮았다
품에서 솟아난 다리가 잠시 습기 속으로 잠길 때 뾰족한
발끝에 눅눅한 공기가 하나씩 터지며 밀려난다 저기, 라고
들어 보이던 그녀의 손가락과 창문과 한여름 감기와 알약이
거미의 발에 꿰어져 있다 거미가 몸을 일으킬 때
소나기는 다시 돌아오고

바람이 분다 남아 있던 빗방울이 거미줄을 따라가면서 야
위어지듯 목숨을 부추기며 바람이 분다 현수막처럼 펄럭이
는 거미의 집 거미의 집엔 창이 많고 창은 모두 비어 있어서

열어놓은 창으로 비가 들이쳤다

도대체 가늘고 긴 거미의 다리가 매혹적인 이유는 무엇
일까
가끔씩 조그만 털이 돋아나는 피부를 쓰다듬는다 그리
고 어쩌면 내 편지가 가족을 슬프게 할지도 모른다 하지만

전선 위의 거미는 잠시 머뭇거린다

그녀의 손가락은 공중에서 무슨 생각을 하는 걸까 바람이
몰아오는 비린내 속으로 내 머릿속으로 그녀는 조심스레 손
가락을 담근다 담갔다가 다시 뺀다 다이빙 선수의 도약처럼

완벽한 직선이다 저 완고한 자세가 그녀가 보여줄 수 있는 ⎯
전부일지 모르지만

 거미의 집에는 많은 창이 있지만

왜 편지는 항상 그 목적지에 도착하는가

오늘
나뭇잎을 통과하는 햇빛은 경쾌하다
하지만 왜 나뭇잎은 그림자를 바닥에 버리는가
쉽게 자신을 반납하는

견딜 수 있다는 듯 닮은 것들은 가까이 있다 사람들은 한
곳에 모여 살고 생활 속에서 벌레의 더듬이는 필사적으로
길어진다

서랍을 정리하다 오래된 편지를 발견하는 순간부터
서랍은 낡아간다
펜을 들고 견고한 필체의 한 획을 다시 열어본다
그 안의 사연을 다 받아 적는 밤에 대해서

두 사람이 싸우고, 유리병은 깨진 후 더 아름답다 액자 속
결혼사진은 건조하고 꽃은 시들지 않는다 아이들은 죄책감
을 베고 잠이 든다

기울어지지 않으면 물은 먹이를 체념한 개의 얼굴이 된다

그림자는 항상 조금 늦게 나타나고 새벽의 젖은 도로는 인
간의 생식기를 닮았다 공중전화 수화기에는 많은 구멍이 뚫
려 있지만 목소리는 그보다 수줍음이 많았다

아무도 기록하지 않아서 노을은 아직도 같은 자리에 있
는가

비상등을 깜박이는 자동차들 / 입간판 불빛이 쓰러진 거
리 / 교차로, 약국, 커피, 캐럴
우리는 돌아갈 수 없다고 웃으며 서로 얼굴을 닦아주었다
이별을 놓고 올 때마다 나를 통과하는 짐승의 등뼈를 따
라 내 몸이 출렁이던 시절이 있었다

그림자는 쉽게 뭉쳐지지만 가까스로 버티고 있다는 것을
안다 종소리는 항상 보이지 않는 곳으로부터 찾아오고 어느
날 오후 그림자가 당신의 발끝으로 빠져나온다면

이를테면 내 손에 들린 편지에는 두 개의 주소가 있고 당
신은 여기에 없다는 식으로

齒

호스를 쥔 손에 힘이 들어가면
물줄기는 날카로워진다
연약함을 가장하지 않는다

다시 아침
어김없이 남자는 옥상에 올라
채소에 물을 준다 채소는
스티로폼박스에 담겨 있다 정확히
박스는 사각의 스티로폼, 하얗게
모여 있는 알이 위태롭다

옥상 아래 아이들은 잠들어 있고
언제 깨어나 울지 모른다, 시커멓게
동굴 같은 입 가득 허기를 물고 남자에게 물을지 모른다
그건, 아직, 네가 알 수 없는 일
아내는 왜 나비를 좋아했을까

남자는 채소에 물을 준다
언젠가 하얀 뿌리까지 닿을 수 있을까
자주 뽑히는 너희는 왜 이다지 순종적인가
왜 우리는 반복되는가
어서 자라라
다시 돌아오지 말아라

남자는 호스를 움켜쥔다
우리는 무해한 짐승일까

초식동물 목덜미를 파고드는 송곳니처럼
담장 위로 박혀 있는 병조각이 햇빛과 첨예하다

피스트
—주먹에 대한 개인적 고찰

천천히
그녀는 테이블에서 손을 거둬갔다
뜻밖의 서해다

손가락이 모여 주먹을 만든다는 사실을 알고 있는지
주먹을 펴면
포장지를 풀면
그 안은 놀랍도록 무방비 상태

나는 주먹 안으로 많은 것을 넣을 수 있다
이를테면 내게 주먹은 주머니인 셈인데,
그 안에는 이런 일도 있다
한여름 후박나무 그늘을 보고 있는데, 그녀가
내년에 목련이 피면 더 아름답다고 했다
내 무지는 말하지 못하고 그늘져
한 겹씩 더께를 늘려가는 것이다
나는 지금도 그것을 느낀다
성적에 불만인 학생과 면담 후
강의평가 점수가 떨어졌다는 소식을 듣고
이중 주차한 차주는 전화를 받지 않는다
여름의 손가락이 금을 긋듯
등뒤로 땀이 흐른다

그때까지 기다리지 못해
나는 후회한다
그리고 그것 역시 주먹 안에 넣는다
차곡차곡

당신이 무엇을 가진다면 주먹을 쥘 수 없다
그것은 순수한 주먹이 아니다

노인이 가진 지팡이 / 노동자가 가진 깃발 / 학생이 가진
연필은
주먹이 아니다

누군가 주먹을 쥔 채 다가온다면
나는 무방비 상태인 그 안을 상상할 것이다

나는 방금 어떤 말을 건넸고
내 말을 받은 그녀의 손이 테이블 밑으로 사라졌다
테이블 아래에서 그녀가 만드는 것을
나는 믿어 의심치 않는다

랠리

타원의 망이 나를 허공으로 이끈다

나는 공허하다

바닥에 닿지 않는 생은 이토록 평화로워
이번 생은 이대로 괜찮을까
그녀에게 매달 용돈을 받으며,
가끔 깃털과 자존심이 함께 뽑히며
그래도 내 자존심이 너에게 뽑혀 다행이야
조직은 인간을 박제시키니까
이미 많은 말들이 식당 냅킨처럼 뽑혀나갔으니
이 말도 전달되기 전에 나는 다시 허공으로

어떤 의지도 욕심도 없이
나는 사물의 객관적인 면을 사랑한다
정치적으로 우파인 나를 좌파 친구들이 좋아한다 그들은
내가 보는 그들의 모습을 사랑하는 듯하다
그들의 기대가 마음에 든다

때로 그렇다
거래도 그렇다
휴대전화로 전달된 영수증을 보며
음식의 가치를 위장으로 헤아리는 순간

나는 유물론에 입각한 심미론자 쪽으로 기울고
그때 내 이성은 온전히 제 몫을 다한다

솟아오른 배를 양손으로 두드리며
그녀와 나는 운동을 준비한다
나는 그녀를 사랑하는 만큼 그녀의 일을 사랑한다
나는 그 사이에서 재롱을 피운다
가끔은 그녀의 일 대신 다른 일이 자리하기도 한다
그래도 괜찮을까
언제나처럼 나는 깊은 고민에 빠지고
사실 고민의 깊이는 높이에 비례하는 법이라
고민에 고민을 쌓아가다보면 나는 다시 아득해지고
이제 그만해야지
정점의 현기증에서 내려다보면
매치포인트를 준비하는 그녀의 배드민턴 라켓이
유쾌하게 회전하고 있는데
나는 점점,

젖은 티셔츠의 밤

오늘은 다른 옷에 땀을 흘리고
밤이 익어가는 걸 지켜보자

함께 왔던 여자는 바텐더에게 더 관심을 보였지
노래는 같이 부를수록 거칠어졌는데, 나는
울고 있는 남자 옆에서 물이 되고 싶었네
물이 될 때까지 땀흘리고 싶었네
후렴이 더 아름다운 노래처럼

그때 나는 비틀거리며
그녀를 기억하려 했네

그녀는 자꾸만 추해지고
나는 그것이 마음에 들었네

잔을 집어들었을 때
함께 일어서는 사람들
푸른 망토를 휘날리며
밤에서 밤으로 이어지는 춤을,
하지만 오늘은
젖은 티셔츠의 밤
조명이 없는 곳에서
나는 바닥을 보았네

젖은 티셔츠를 걸친 채
여자가 바닥에 누워 있었네

바텐더가 떠나자
밤은 깊어지며
나를 겨냥했네

사춘기

─손가락에 남은 잇자국은 자고 나면 사라져

어느 날
오래된 수학의 정리처럼 네가 찾아왔다

모자를 쓰면
─네 머리는 마치 부화를 기다리는 새알 같구나

비와 함께 미용실로 가자
누군가 머리를 지그시 누르면
너는 왜 부끄러운가
새가 고개를 숙이고
빗이 지나갈 때마다 우리는 정연해지네
차가운 머리카락은 외로워, 서로 달라붙겠지

오려낸 나비의 더듬이는 유리병에 모았다
유리병은 자주 더러워졌다
더 큰 유리병이 필요할 만큼
유리는 어두운 단면을 숨기고 있었지

골목길
무릎을 모으고 앉아
버려진 키보드 건반을 눌러본다

하나씩 나는 인형의 손을 빌린다
바닥에서 음이 돋아나

—우리는 서로 마음에 든다

분홍색 연구

1
우는 거야?

잇몸을 드러낸 채 아이는 서 있어
주머니를 뒤집어 보이지만
나는 아이를 때릴까봐
한참을 망설이는 거지

2
나를 봐
잇자국이 난 과일처럼
나는 자주 억울한 느낌, 무언가
내 무방비를 비웃는 것 같아

포화 상태인 비커 속에 자꾸만 설탕을 쏟아붓고
나는 썩지 않고 나는 더 뚱뚱해지는데
방금 패스트푸드점을 나서는 저 여자의 거대함은
왜 자꾸 슬프게 보일까
분홍 코끼리처럼

한 발
앞으로 한 발

3
찢어진 방충망에 붙여놓은 스카치테이프
지문이 찍혀 있다
지문은 닳지 않아
떨어진 스카치테이프를 줍는 동안
바람이 나를 조회하는구나, 그 안에서
입술을 깨물고 있을
내 무늬가 모의하는 소심한 반항만 생각한다

유리를 두드려도 반응이 없는 애완견처럼
나는 고개 숙여 발등을 바라본다

한 발
앞으로 한 발
분홍 코끼리 행진

4
개는 낮에 울고 고양이는 밤에 울었다

5
서른 살이 되고부터 영수증을 챙기기 시작했다
그에게 멱살을 잡혔을 때 나는 왜 울음부터 났을까
(내가 먼저 그를 때릴까봐)

머리카락을 자르고 난 뒤처럼
요즘은 자꾸 거슬려

청소를 하면 알게 되지
더러운 곳은 항상 더러워져 있고
매일 내가 움직이는 동선 이외는 불필요한 공간
언젠가 나는 푸른 점이 되어
이 벽 어딘가에 붙어 있을지 모르는

2부

귀를 유린하는 메아리

백지 위를 횡단하는

1. 미명

압정에 눌린 나비가
자꾸만
눈을 비빈다

2. 상속

사과를 뽑힌 나뭇가지는
사과의 무게만큼 흔들린다

나무는 빈 가지를 흔들어
열매의 자리를 지운다

바람이 담을 수 없는 공중을 수확한다

3. 수석

침울한 사제처럼 돌을 닦는다

호박(琥珀)이 되기까지 모든 시간은 점성이지만 흘러다
니는 모래무덤처럼 수취인 불명인 채로 이곳을 떠다닌다.
말을 품은 입김이 돌의 내부로 기포를 슬어놓으면 돌과 사

람은 먹이를 잃고 돌아가는 짐승의 표정을 닮아간다

4. 지상의 양식

다친 철새는 자진해서 무리의 행렬에서 떨어진다

마을에 충치처럼 빈집이 늘어난다

어제는 길에서 날개가 부러진 새를 안고 왔다
나는 새가 걸어온 조그마한 발자국을 차근차근 덮어주며
우리는 멀리 떨어진 곳에 대한 영혼의 이끌림일까

품안에서 다른 쪽 날개가 부러진다

5. 필기

무기명으로 도착한 편지에 답장을 쓴다
깃털을 떨어뜨리며
백지 위로
활강하는
새의 자세에 대해서

코너의 사랑

사랑한다고 말했지
누군가는 담배를 피우기 위해 먼 여행을 준비하고,
밀려난 것들이 필연적으로 들르는 곳
길을 걷다 만나게 되는,
저 아름다운 성(城)을 봐
성은 저마다 아름다운 창(窓)을 갖고 있고,

구석에서 만나요, 그것은
짧은 입맞춤처럼 조금 쑥스러운 일
유아차에 담긴 아이의 무신경을 배우고 싶어
저 건물들을 봐 부끄럽지도 않은지, 구석을 내놓고 있지
모든 생의 비밀들은 그곳에서 시작하지
나도 그곳에서 태어난 기억을

구석마다 담배 연기가 피어오르고
아이들이 서툴게 체온을 교환하고
겨드랑이에 땀이 차오르는

저 산을 넘으면 닿을 수 있을까
구석을 찾으러 긴 여행을 떠났지
그녀가 웃으며 내 손의 구석을 더듬을 때
나는 비로소 미뤄뒀던 긴 이별을 시작할 수 있을 텐데

구석에서 우리는 사랑을 나눴지
침이 마르고, 땀이 온몸을 뒤덮을 때까지
새들이 노래를 잊고, 바람이 지상을 휘몰아치듯
사막과 바다가 위치를 바꾸고, 시간을 담은 지층이 모습
을 드러낼 때까지

우리는 매일 만났다

가장 깊숙한 곳을 가장 노골적으로 드러낸
빛나는 저 성의 첨탑처럼
내 부끄러움은 비밀이 아니었다

소극장

저녁이면 하늘, 그다음 하늘로 송곳니가 파고들어 천공(天孔)의 성(城)에서 노을은 목젖을 열겠지 먹이를 물고 놓지 못하는 늑대가 뒤를 돌아보는 그곳에서

흐르는 피가 멈췄다고 사랑은 아니지 어제 받은 손수건을 끝까지 펼쳤다가 처음부터 접어보는, 그의 얼굴이 기억나지 않는다

수명은 나이테를 돌아 빚이 많은 하늘에 나뭇가지를 맡기고 오래된 하늘은 손바닥부터 늙은 사람 같아 창문을 닫아내리는 비를 탁본(拓本)하기로 했지

늙은 광대가 틀니를 꺼내놓고 입속으로 돌아갈 때 가장 멋진 유머는 유리컵에 남아 있는 것 무너지는 것들이 가까스로 자신에게 보내는 위로 같은

내 안에서 혀를 잃은 아이는
당신에게로 가
귀를 유린하는 메아리가 되겠다

관심 밖의 영역

창의 가운데로 커튼이 모여들면 이제 나는 다시 절박함에 대해 이야기해야 한다.

눈꺼풀이 힘을 풀어 흩어졌던 조명이 모이는 곳에서 몸은 소음을 위한 무대가 된다. 무대 위에서 목소리를 낳는 목젖은 필사적이다. 오후가 되면 골목길도 조용해지고 나는 때로 적막 속에서 당신이라는 무늬가 떠다니는 걸 보기도 하지만 몸을 써서 잡을 수 없으므로
우리는 서로의 미지를 소요하는 일에 몰두한다.

지문에 없는 대사 속으로 여과되는, 충분한 빛이 필요하다.

나는 아직 내 이름과 돌아갈 곳을 말하지 않았지만 기다리지 않겠다. 여기서 수많은 이름으로 불리는 나는 비로소 내가 아닌 영역이다.

책상은 부드러워

처음으로
마음에 드는 책상이라며 아내는 들떠 있었다

조립식 책상이 도착한 날
전동드릴로 조각을 하나씩 조립한다
이쪽과 저쪽,
짝을 맞춘 뒤 드릴로 구멍을 뚫는다
다리가 완성되고 상판이 덮인다
그녀는 주스 한 컵을 옆에 두고
멀찌감치 떨어져 지켜본다
그녀가 지키고 있는 것은 나뿐이 아니다
이건 마치 결혼생활 같지 않은가
아내는 내 유머를 고민하는 눈치다
책상을 완성하고 나서 의자를 조립한다

며칠 동안
책상 위는 화분과 액자가 차지했다

친정에서 전화를 받은 후
그녀가 처음으로 책상에 앉았다
원목무늬가 살아 있는 책상
그녀는 호흡마다 다른 목소리로 울었다
그때마다 책상이 흔들렸다

나는 드라이버로 나사를 조이며
아내가 돌아오기를 기다렸다

시간, 불면, 증후

자정이 지나도록 반듯이 누워 하릴없이 이런저런 생각들을 들춰본다 오전에 미처 끝내지 못했던 논쟁에 열을 올리고 오랜만에 만난 친구와의 대화를 새삼스러운 표정으로 감상한다 하지만 좀처럼 찾아오지 않는 잠을 기다리다 지친 의식은 늦도록 불을 밝히고 앉아 있다

골목길엔 수많은 소리들이 정적을 걷어차며 지나다닌다 두 켤레의 구두가 팔짱을 낀 채 멀어진다 바람이 쥐었다 놓아주는 쓰레기봉투 안에서 먹다 버린 음식이 웅성거린다 움직이지 않는 고양이와 입술을 잃어버려 지루한 아이스크림

낮 동안 구석에 엎드려 있던 어둠이 기지개를 켜고 방안을 이리저리 걸어다닌 지는 너무 오래 때로 이런 소리들은 창문에 닿아 실금이 되고 침대를 들어올리고 정돈된 옷가지들을 휘젓고 다닌다 잠시 방심한 긴장의 등뒤로 잠이 든 듯도 했지만 탁자 위 초침이 만드는 수위에 익사 직전의 아이처럼, 보이다, 보이지 않는

잠은 어디쯤 오고 있을까
담쟁이 줄기를 타고 와 마당을 지나다 양동이에 발이 걸려 한 번 깨어나고 성급한 발걸음이 예민한 개를 깨워 성난 목청에 도망가고 이제는 옆집 지붕 위에 앉아 머리를 까딱거리며 혼자 졸고 있을

胞子

내가 앉을 수 있게 해줘

네 이름으로 노래를 만들어줄게 따라 부를 수 있도록 폐
로 들어가 번식하는 거야 노래를 나를 나는 수많은 나는 손
끝에 묻어오는 네 살을 좋아해 네 가슴은 냉장고에 붙여놓
은 알파벳 같아 나를 따라와 미소를 미소로 따라하듯 나를
가득 채울 수 있게 너를 비워줘 친절한 너에게 내 눈물과 내
빈방과 내 인형과 내 책장과 내 소파와 내 고양이와 내 가죽
구두에 기회를 줄게 앉을 수 있게 해줄게

野生

동물원에 갔습니다

우리는 입장권을 끊고 작은 지도도 구했습니다

나는 코끼리에게도 말을 걸고 싶고
피곤한 새에게도 인사하고 싶었는데

당신은 저만치 혼자 걸어갑니다

그날 우리는
지도를 따라 움직였습니다
더위에 지친 동물들은 발자국을 만들지 않았고
우리는 철창에서 너무 멀리 있었습니다

먹이를 주지 마세요, 팻말이
당신 가까이 보였습니다 어디선가
퇴장 시간을 알리는 방송이 들리고
방송이 끝나기 전에 같은 방송이 울려
두 목소리는 서로 겹치듯 이어졌는데

정문을 빠져나오며 당신은,
내게 입장권 두 장을 내밀었습니다
거기에는 사자도 기린도 원숭이도 있었습니다

처음의 그것과 같지는 않았습니다

나는 입장권 두 장을 뒷주머니 깊숙이 집어넣었습니다

봉인

마이크 전원이 켜지면
소리는 인질이 된다

거실에 앉아 신문을 넘긴다
귀가 얇게 나뉜다

앞서서 계단을 오르는 여자의 아킬레스건
드러났다 사라지는,
각설탕을 집어드는 두 손가락처럼

어제는 비가 내렸다
향수를 뿌리고 아무도 만나지 않았다 오늘은
빗방울이 빨래집게의 힘에서 풀려나는 속도로
걸었다 저녁엔
빨간 줄넘기를 사고 빨간색이 될 때까지 뛰었다

부주의함을 잡지 못해
화병이 깨졌다
꽃을 잡고 있던 공간이 바닥에 널렸다

네가 오지 못한다는 말에
냉장고를 열어놓는다

온도를 유지하기 위해
전기가 공급되고 있다

외계의 탄력
—그날 우리는

완벽한 구(球)의 형태를 갖추자

그날은 이게 전부라고 생각하지 않았네

불붙은 심지를 삼키는 기분은 어떨까
화약을 향해,
맹목적일 때도 있지 않았나

감추고 싶은 것이 많을수록 술잔은 자주 겹치고
추억을 파먹으며 추억에 파먹히며
그때 산란을 마친 바다거북은
브라운관 너머로 멀어지고 있었는데

올해는 작년과 또 다르네
아는 얼굴은 보기 힘들어지네

여기서 나를 밀어내는 힘은 어디서 왔을까
누군가 물었을 때,
미처 모르는 어떤 힘이 나를 주무르고
너는 가까스로 버티고 있다고

그만둘까?
이제, 충분한가

놀란 초식동물처럼 우리는 택시에 오르고
정차한 횡단보도 앞
가책받은 얼굴로 도로를 가로지르는
비눗방울 무리를 본 것도 같은데,

택시가 출발하자
나는 짧은 반동 뒤에
무언가 놓고 왔다는 생각이 들었다

나를 지나면 슬픔의 도시가 있고*

조금 더 깊이 들어가야 됩니다
그는 앞장서며 말했다
발굴품은 전시실로 옮겼다고 한다
오래전 용암이 꿈틀대던 길을 거슬러
우리는 동굴 깊숙이
허리를 숙이고 무릎을 굽히고
낯선 한기가 우리를 지나친다
불을 밝히자 어둠이 저만치 물러난다
우리는 그만큼 나아간다
목숨이 그러하듯
길은 막힌 듯 끈질기게 이어졌다
당시엔 아무도 모르는 곳이라 했다
지금은 아무것도 없다

지나온 길을 거슬러
다시 밖으로 나오자 눈이 부셨다
파돗소리가 비로소 맥박을 깨우고
새소리는 낮은 구릉의 윤곽을 그렸다
봄볕이 체온을 부추긴다
무엇을 보고 싶었을까
보고 싶은 게 있었을까
돌아본 그곳은
잊은 듯 어두웠다

나는 이내 무심해졌다
아무것도 보이지 않네요
그는 담담하게 나를 돌아봤다
밝은 곳에 있으면 어두운 곳은 보이지 않는 법이지요
눈동자가 동굴처럼 깊었다

* 단테, 『신곡』.

창공의 파인더

하늘 아래
렌즈를 닦아낸 물이 흐르고 있다
멀게, 혹은 가깝게, 혹은 죄책감으로 뭉친 구름에 대해
나는 가능성 없는 고민이다

고백으로써 나는
한 달에 한 번 관리비를 의심하고
다른 집 우편함을 기웃거리며
잔돈을 두 번씩 확인하는
습관에 대해 나는

어제는 발치에서 들리는 벌렛소리에 펄쩍 뛰고선
곧바로 발을 치켜들었다
구두가 더러워지는 게 싫었겠지
소시민으로 나는 보호받고
평범함으로 나를 지워간다

초점을 맞추기 전 머뭇거리는 것은
고백할 타이밍을 놓칠까 하는 조바심 때문에
연인의 성기를 대면하지 못하듯
너무 일찍 자백한 용의자의 표정을 짓는다

후회와 반성과 자책은

결정적일 때 만날 것이다
아직은 아니다

나는, 정면에서 비켜서 있지만
지금도 정면을 엿보고 있다

간단한 일

늦은 겨울밤, 스승의 문상을 갔던 늙은 시인이 돌아왔다
술자리를 가지던 우리는 놀랍고 반가웠다
백발의 시인은 돌아오는 길에 샀다며
검정 비닐봉투에서 소주 한 병과 오징어 다리를 꺼냈다

밤비가
낮 동안 쌓인 눈을 달래고 있었다

나는 시인을 잘 모르고, 그의 스승을 알지 못한다
시인은 돌아오는 길에 모르는 동네를 지나다 차를 세우고
혼자 삐걱대는 가게 문을 열고 들어가
차가운 소주 한 병을 꺼냈다 누군가
벽에 걸린 시곗바늘이 잘못되었다고 했다
그것은 간단한 일이었다

놀랍고 반가운 마음에 우리는 늦도록 술자리를 이어갔다
비가 그치자 몸에서 물냄새가 났다

나는 내가 모르는 가게 냉장고에서
소주 한 병이 사라진 자리를 떠올리며
시인이 따라준 소주를 마시고
빈 잔의 바닥을 내려다봤다

내가 죽어 누워 있을 때

그럴 수 있을까,

내가 누워 있을 때
그는 두 손에 물을 모아
내 머리를 받쳐주네

나는 손바닥 안으로
가라앉는 모래

베개에 머리를 댔을 때,

지친 그가 먼저
손을 펼치면

마지막으로 베개에 머리를 댔을 때처럼

세면대에 담긴 물을 손바닥에 담아올린다

두 개의 손가락이 서로 알아보는 것처럼

창가에 놓인 빈 유리병
햇빛이 지층처럼 쌓여 있다
오전과 오후,
저녁 연기와 밤의 호흡이 다녀갔다

빛의 수심 속,
미지의 생물이
간혹 나를 올려다보는

복숭아 조각이 있던 자리에
손을 오므려 넣어본다
창가에 놓인 빈 유리병

햇빛이 흔들린다
죽은 줄 알았던 물고기가 바르르 떤다

병실에서,
그녀의 빈병에 손을 넣는다
마치 그녀의 몸속으로 들어가는 것 같은 내 손은
그 안에서 한참을 머무른다

두 개의 손가락이 서로를 알아볼 때까지
주먹을 쥐었다 편다

3부

믿을 수 없는 것들을

정전기 양식

나는 이곳에 잠시 고여 있을 뿐이다

가벼운 마찰로 나는 태어났다
이것은 선언의 형식으로 이해될 것이다

오랫동안 방류된 적 없는 저수지가 지금 내 색깔이다
그 속으로 빛을 튕기며 가라앉는 유리 조각들
반짝이는 전하가 주기를 맞춰 돋아난다

간혹 짧은 지침(指針)을 향해
유연히 들어 보이는 손가락
예감이 불러오는 기척만으로
내 혀는 둥글게 말려 가시가 된다

가장자리의 습기가 나를 무겁게 하는 이즈음

지금 출입문을 향해 다가오는 당신의 건조한 피부가
손잡이에 반응하기 전
당신은 나를 이해할 수 있을 것이다

이것은 짜릿한 나의 체류기이다

나는 만개하여

나는 만개(滿開)하여 죽음으로 간다

그리고 꽃이 진다 종일 진다 지다가 잊은 듯 다시 진다 지
는 꽃은 죄가 없어 눈꺼풀처럼 지다가 지다가 끝내 짖는다
허공을 향해 짖는다

너는 흔적도 없이

낮은 돌담길 너머 개가 짖는다 주인 없는 집에서 가라고
오라고 짖는다 그 집 동백이 흔들린다 그만 가라고 목을 흔
든다 어서 오라고 손을 흔든다 그때 피지 않고 진창길 발자
국에 피지 않고 제자리에 핀다

너는 잘 찾아오라고

한참을 기다려도 주인은 보이지 않고 개도 그만 풀이 죽
었는데 돌아올 사람 생각에 등을 세우고 동백이 핀다 피는
동백이 홀로 만개하여 무덤으로 간다

마스터키

깎여가는 몸을 더듬거리네 매일 아침 서늘한 링거액이 몸
속으로 떨어지면 그는 조금 더 정교해진 채 침대를 빠져나
오네 식탁에서의 아침식사는, 가족에게 인사는, 때로 창밖
을 기웃거리는 꽃들은 봉인된 한 세계 속에서 평화롭네

누군가 차츰 간결한 수식을 닮아가는 그를 얘기했지 뜨거
운 프라이팬 위를 미끄러지는 기름처럼 고민 없이, 우리는
한 평의 공기를 차지한 담배 연기처럼 그가 마지막으로 눈
을 감을 때 코끼리의 눈꺼풀이 내려오는 시간을 목격하지

관리인이 문을 닫으면 가족들은 하나의 표정으로 뭉쳤다
흩어지고 자물쇠에서 빠져나오는 열쇠 손가락 사이에서 우
리는 잠시 잊은 듯 반짝이네

출생

보도(步道)
한구석
기진하듯
흔들리는 꽃을 본다

테두리에 서리가 끼고
늦도록
진물이 빛나는

소맷단 풀린 실로
검지를 묶어

인연에 매인 피를
소원한 계절 앞에 놓는다

봄은 아직
저 꽃 뒤에 봄이겠지만

저물도록 살을 비벼
색을 갖고 싶던 날이 있었다

여름의 끝과 가을의 시작

기억하는 저녁으로 그녀가 왔네

여름이 낡아가는 동안
사진첩은 가지런했지

젖은 얼굴을 수건에 남겨두고
천진한 햇빛과 놀았네
손바닥을 뒤집으면 손등으로 옮겨가는
그림자와 놀았네

여름에 묻어두었던 발바닥
툭, 툭
식은 모래를 털며
기억하는 저녁으로
그녀가 왔네

젖은 수건을 다시 얼굴에 댈 때
햇빛이 미끄러져들어왔지

품에서 내려놓은 고양이가 들어서는 빈방으로
기억하는 저녁을 향해

계절의 경계를 알리듯

바닥에 엎드린 고양이는
앞발에 다른 앞발을 얹었네

게스트 북

깊은 밤
커피 위로 말(馬)이 달린다
질주하는 혈통이 손금 안에 잠든 밤을 견디게 한다

오늘밤을 견고히 만드는 것들의 이름을 불러보자
원주율의 마지막 숫자가 등장할 때까지
하지만 지금은 빙하기 얼음이
21세기의 바다로 떨어지는 순간인데

개명한 다음부터 나는 내 이름을 부르지 않는다

구겨진 편지는 모두 밤에 썼다
마침표를 찍으면 왠지 침을 뱉고 싶었다

대출 상담직원 앞에서는 항상 겨드랑이가 간지러워
단정한 얼굴에 희대의 유머를 날리고 싶었는데
정수리를 드러낸 직원이 계산기를 두드리는 동안
유리문 밖에는 새가 날아오르고, 나는
며칠 전, 알고 지내던 후배가 죽었다는 소식을 떠올린다

풍선에서 바람이 새고 있어 그것은
배꼽 너머로 중력이 빠져나가는 소리 같아
그 말을 마지막으로 어떤 소리도

네게 젖지 않았다

식용 계란은 대부분 무정란이라지
넥타이 매듭을 밀어올릴 때마다
왜 단호해지는 기분일까

전화벨이 울린다
신호를 기다리는 스프린터처럼
나는 고개를 든다

도어스

빈방에 돌이 있다

돌에는 눈이 없어
돌은 움직이면서 커진다
병든 노인의 혼잣말처럼,
속으로 직선을 말아넣으며
다가온다

내가 먼저 푸르게 흔들리면
애벌레처럼 무럭무럭 뒤따라온다

이제 상대의 꽉 쥔 주먹을 바라보듯
간절함으로 쏟아지는 눈동자를 기억하듯
돌은 사랑스럽다
나는 무서워진다

내 편에서 어두워졌다가
등뒤에서 밝아지는

오래전
그녀가 닫고 나갔던
돌이 있다

연금술사의 수업시대

세상에서 가장 낡은 한 문장은 아직 나를 기다린다

손을 씻을 때마다 오래전 죽은 이의 음성이 들린다 그들은 서로 웅얼거리며 내가 놓친 구절을 암시하는데 손끝으로 따라가며 책을 읽을 때면 글자들은 종이를 떠나 지문의 얕은 틈을 메우고 이제 글자를 씻어낸 손가락은 부력을 느끼는 듯 가볍다 마개를 막아놓고 세면대 위를 부유하는 글자들을 짚어본다 놀랍게도 그것은 물속에서 젤리처럼 유연하다 그리고 오늘은 글자들이 춤을 추는 밤 어순과 문법에서 풀어져 서로 뭉쳤다 흩어지곤 하는
도서관 세면기에는 매일 새로운 책이 써지고 있다

마개를 열어놓으며 나는 방금 씻어낸 글자들이 닿고 있을 생의 한 구절을 생각한다 햇빛을 피해 구석으로 몰린 잠 속에는 오랫동안 매몰된 광부가 있어 수맥을 받아먹다 지칠 때면 그는 곡괭이를 들고 좀더 깊은 구멍 속으로 들어가곤 했다 그가 캐내온, 이제는 쓸모없는 유언들을 촛농을 떨어뜨리며 하나씩 읽어본다 어딘가엔 이것이 책을 녹여 한 세상을 이루는 연금술이라고 쓰여 있을 것처럼 그리하여 지금 나는 그 세상에서 오래도록 낡아갈 하나의 문장이다 언젠가 당신이 나를 읽을 때까지 목소리를 감추고 시간을 밀어내는 정확한 뜻이다

그녀가 고개를 숙이네

종이를 펼쳐놓고 그녀를 접어보네
금이 간 곳은
빛이 떠난 자리
관절을 물고 부드럽게 넘어가지
그녀를 접어보네
아주 오래전처럼
매끈하고 얇아
내가 없었을 시절로
속에다 바람을 불어넣으면 생기는
아득한 주머니
입술을 빠져나오는 풍선처럼
부풀어오르고
내 숨을 담은 투명한 품
그 속으로 조심스레 팔을 접어 넣어보네
관절을 만든 만큼 몸이 작아질 때
울음도 없이
그녀가 고개를 숙이네

너는 이교도처럼 차가운 방에 누워

손톱 끝으로 치약을 짜듯
심장이 맥박을 밀어내듯
몸에 다른 체온이 섞이는 순간은

피가 피를 밀어내듯
잡은 손을 놓았다

자란다는 것
길어진다는 것에 대해 생각한다
안에서 밖을 향해 밀어내는 힘으로
무서운, 몸을 열어
그 속을 통과하는 무리의
정연한 행렬을
집정관의 준엄한 시선을
되도록, 생각한다

열린 창으로 들어온 바람이
예의 바른 조문객처럼 기다리는
고성과 침묵이 비켜가는
잠시 정차한 교차로에서

톱사슴벌레

뒤집어놓으면 공기가 소란스러워졌다

단단한 껍질을 메고 다녔다
날카로운 뿔로 앞을 휘저었다
떨어진 것을 먹고
쓰러져 잠을 잤다

이곳은 순수하고
사랑은 맹목적이다

더듬이를 말아 눈알을 닦고
다시 몸을 밀어본다

연약한 아랫배를 처음 보았다

갈피

수족관의 권태가 아름다운 비늘을 결정한다

불온한 소년들이 유리를 두드리면

거대한 지느러미가 물속으로 스며든다

느슨하게 조율된 악기처럼

이국종 열대어들은 서로의 눈을 확인하며 스쳐간다

혜화

사랑한다고 말하고 그녀는 웃었다
성곽 아래,
유목민처럼 바람이 모여 있었다

큰 개를 데리고 다니는 사람들
그녀는 꽃나무에 걸린 팻말을 읽었다

손바닥으로 두드린
낮은 지붕과 담장
계단과 계단 사이에 긴 꽃이 피었다
그곳에서 오래 쉬었다

교차로 횡단보도를 건너다 문득 고개 돌리면
자동차들의 행렬 너머
아득한 구름이
전생을 감추고 있었다

고물상 앞 대로변에서
라면을 끓여먹는 부부
수녀와 경찰관이 나란히 걸어갔다

산책에서 돌아와
작은 우물을 생각했다

돌 사이로 스며드는 지하수
곧은 치열(齒列) 사이로 파고드는

사랑한다고 말하고 그녀는 크게 웃었다
그녀의 성곽을 통과하는 바람
이미 전생을 각오한 듯,
그녀는 웃었다

표류

플래시와 함께 당신의 웃음은 저장되었다
흩어지는 사람들을 따라
우리는 빠르게 무표정으로 돌아갔다

필름 속에서 우리는 다정했다

손등을 간질이는 현상액
수위에 밀려온 인상들이 도착한다

무인도에서 연기가 자라듯
가망 없는 것들은
왜 이다지도 무성할까

암실의 수심 속에서
믿을 수 없는 것들을 밀어올린다

4부

허공에 슬픔을 맡긴 적이 있다

Buena Vista

세수를 하며 얼굴을 문지르자
손바닥과 얼굴 사이에 막(膜)이 생긴다

손바닥이 지탱해주는 막 안에서
종일 감춰왔던 표정을 꺼낸다
가끔은 표정만으로
어떤 기억이 떠오르기도 한다
나는 바닥에 누워
유영하는 기억의 그림자를 올려다본다

잠시 손을 놓고
얼굴에서 떨어지는 물방울을 지켜본다

모두 거짓이다

손바닥이 얼굴에서 떠나기 전
막은 그 위에서 투명하지만

우리는 곧
다른 방향으로 걸어갔다

은박지

눈(雪)으로 조립된 물결

단체손님이 빠져나간 식당 밥상과 수저에 붙은 밥풀
물컵 위에 고여 있는 햇빛에 대하여

소문처럼 자주 바뀌는 표정을
표정으로 신뢰하며
위악을 위선으로 인정하며

아이스크림을 핥아먹는 개의 혓바닥
(나뭇가지에 묶여 나부끼는 하얀 비닐봉지처럼)
저만치서 울고 있는 아이와
개의 눈에서 반짝이는 허기

헤어진 애인은 곤충의 날개처럼 울었다
지금 내 앞에 여자는 큰 웃음을 지은 뒤 그것을 구겨 작은
눈물로 만들었다
은박지처럼,
모두 놀라운 일이다

순종적인 이별

얇은 종이가
물속으로 가라앉고 있었네

종이는 물의 밀도에 따라
다양한 각도를 보여주었네

얇아서 종이는
금세 어두워졌는데,

물과 종이가 만드는 고요한 틈으로
내내 한 사람이 지나가네

발라드

구멍은 열이 많았다

손가락으로 막고 있으면 알 수 있다

불에 가까운 목관악기

성냥을 꼭 쥐고
구멍 속으로 들어갔다

어두운 가운데
길게
머리를 풀고
누웠다

누군가 지휘봉을 치켜들었다

전령

방안으로 새가 들어와
온통 비극이다

양철판이 뱉어내는 빗소리
누군가 초인종을 누르고 사라진다

한때 여행자에게 모든 문은 과묵했다
나는 이제 그 앞에 없다

바퀴가 회전하는 동안
모든 색은 혈연관계다 하지만
지난 사람들은 모두 비극의 편에 서 있다
하여 사람아,
내게는 두 개의 창문이 필요하다

들어온 새가 천장을 맴돈다
떨어뜨린 사탕을 주워 입안에 넣는다
잡은 새를 두 손에 모은다

지난 사람들로 하나의 창을 만들어
새를 대신 보낸다

양손에 남은 감촉이 새의 허상으로 운다

우리는 허공에 슬픔을 맡긴 적이 있다

커밍아웃, 장미

여기까지
지치지 않는 햇빛

별에서 먼
별까지 닿는 선

줄기에 감긴 햇빛으로
어느 날 식물은 꽃을 밀어내고
나는 손가락에 햇빛을 감아
너에게 먹인다

허기를 견디지 못해
입술을 여는

첫사랑

웃음에 실패한 코미디언처럼 나는 나로부터 실패한 감정을 배워 먼저 고개를 숙이고 지나가는 말(言)들을 배알했다 항상 주머니 속에는 몇 조각의 휴지가 뭉쳐 있어 그 시절 바람은 여름을 등뒤로 남겨놓았고 연약한 습기들은 태어나자마자 죽었다 다리 위에서 개천을 내려다보면 수상한 냄새가 기어오르고 있었다

작은 스탠드 아래 몽당연필을 쥘 때마다 손이 함께 작아진다 글씨의 감촉을 손안으로 전달한다 몇 편의 글을 버리고 나서야 나는 그 아이의 이름을 평생 기억하기로 했다

오늘은 늘 따라오던 강아지가 보이지 않아 길을 잃었다 주머니 속에 접힌 저녁을 펼치며 펼쳤던 페이지를 다시 접으며 돌아오는 늦은 저녁이었다

너는 지금 전속력이니까

나비를 다 태운 불은 더이상 태울 것이 없자 어딘가로 사라졌다

차창 너머로 서리를 두른 나뭇가지들 스쳐간다 손바닥으로 문지른다 닦아낸 자리로 풍경이 들어찬다 손에 묻은 물기는 누구의 것일까

버스 안은 히터소리로 가득하다 누군가 코를 골고 어딘가에서 바람이 들어오고 나는 여러 소리 중에서 엔진소리를 골라낸다 좌석 밑에 무언가 움직인다 발끝에 힘을 준다 운전사가 페달을 밟는다 발끝으로 나비의 한쪽 날개를 밟고 있다 발을 떼고 싶지 않다

나비는 밟히지 않은 한쪽 날개를 세차게 펄럭인다 눈부시게 나는 발끝으로 체중을 옮긴다 비탈길 버스는 거침없이 달린다 차창에는 손바닥이 만들어낸 풍경 쉴새없이 바뀌고 호흡이 빨라진다 끝까지 가고 싶다 나무들은 일정한 간격을 지키고 있다 얼마나 빨리 가고 있을까 아직 저 산을 벗어나지 못했다 하지만 끝까지 가고 싶어 나는 최대한의 속도로 이곳을 벗어나는 중이야 저 나무들을 봐 나무의 입장에서 나는 매 순간 시작이고 끝이야 나비를 다 태운 불은 더이상 태울 것이 없자 전속력으로 사라졌다

Christmas Seal

작은 그녀는 사과를 먹고 있네
사과를 먹을 때마다
아무도 모르게
입안에 작은 상처가 생기네

내리는 눈은
돋아나는 이빨들처럼
한 번씩 눌러보고 싶지

눈은 녹으면서 서로가 측은해지고
사과는 한 입씩 그녀에게 쌓이고
눈이 모두 사라지면 그녀는
현(絃)의 소리를 갖게 되겠지
사과를 갖고, 이빨을 갖고 나서
눈밭을 벗어나겠지

사과와 자작나무와 늑대가 살고 있는
작은 상처를 만지듯
사과와 자작나무와 늑대를 외롭게 하겠지

위독한 스케치북

4B연필 같은 사람을 안은 적 있지
내 가슴팍으로 마른 숨을 겹치며
그는 오래 아팠는데

밤새 섬을 더 단단하게 만드는 파도
뒤꿈치부터 내리는 눈
마당 위로
솔잎처럼 말리는 지우개 가루

4B연필 같은 사람을 안은 적이 있지

—얼음호수 밑으로
—흐르는 물처럼
그의 손가락은 가늘고 깊었는데

나뭇가지에서 돋아난 새
울타리에 가는 비
근해로 몰려온 물고기까지
담장을 풀어 모두 들이고 싶었지
먼저 근심하고 싶었지

눈을 떠보니
그가 누웠던 자리 위로

작은 원기둥이 솟아 있었네

사과 깎기

　　　　　　　차는 터널을 통과했다. 터널은 다시 나타났다.
　　　　　　　끝없이 이어졌다. 그는 라이트를 껐다가 켰다.
　　　　　　　켰다가 껐다. 눈을 감으면 편해질까.

　이제 이것을 나라고 하자. 이것을 영혼이라 하자. 한 손
에 든 사과 한 알의 무게만큼 확실한 이것을 이제야 마음이
라 하자. 방향을 정한 칼의 단면이 가볍게 껍질을 벗겨낸다.
작업에는 인내가 필요하다. 당신은 손을 멈추지 않는다. 나
는 그 솜씨에 감탄한다. 간단해요. 어렵지 않아요. 당신은
휘파람을 불었나.

　나는 조금씩 나를 벗어난다. 이 방향이 맞을까. 불안한 나
는 인정하지 않았다. 그건 반칙이에요. 당신은 웃으며 잠시
나를 놓았다.

　당신은 왜 자꾸 웃는 걸까. 손안에서 사과는 가끔씩 보이
지 않는다. 작업은 끝이 없다. 이렇게 큰 사과는 처음이에
요. 이것을 내 영혼이라 하자. 벗겨지는 것과 남겨진 것 중
어느 쪽이 마음에 들어요? 대답을 듣기도 전에 당신은 벌써
내 어깨에 양손을 얹고 무언가 중요한 말을 귓속에 넣은 것
같은데, 차는 지금도 끝없는 터널을 통과하며 경로를 의심
하고 있을 테지. 빙글빙글 도는 껍질 같은 도로야.

이것이 나라고 하자. 내가 부르면 돌아오던 네발 달린 짐
승이라 하자. 키우던 개는 늙어 죽었지. 바닥에 누워 앙상한
뒷다리를 떨다가 움직이지 않았다. 산에 묻었다. 엄마가 말
했지. 어딘지는 알려주지 않았어. 나는 당신의 손끝에서 이
어지는 껍질을 주시하며 견딜 수 없는 것들의 목록에 몰두
하기로 했다. 접시에 놓인 과육이 갈변하는 동안 껍질은 당
신의 어두운 곳으로 길게 이어지고 비로소 나는

마지막 터널을 빠져나오자 먼 산맥이 여러 번 단풍에 휩
싸였다. 그는 담배에 불을 당기며 얼굴을 훔쳤다. 오디오 볼
륨을 한껏 높인 뒤 후렴을 따라 불렀다.
이것이 나라고 하자. 이것이 내 영혼이라 하자.

짐작할 뿐이야

기린이 프린트된 냅킨은 처음이야 당신은 냅킨을 만지며 말했지 손가락 사이에서 비치는 것은 무엇일까

기린은 얼룩이 전부야 수풀에 몸을 낮춘 맹수와 초원을 적시는 스콜 한낮의 온순함이 섞여 있는 곳으로 우리, 아는 걸 이야기하자 이를테면. 말을 마치고 당신은 냅킨을 반으로 접었다

우아함은 어디서 오는가 길게 목을 늘이며, 여기서 거리를 내려다보면 기린의 시선쯤 될까 사람들은 얼마나 멀리 있을까 하나같이 보잘것없구나 여기서 보면,

알고 있었어?
언제부터?

기린에 대해 이야기하자

냅킨을 한 번 펼치고, 다시 펼쳤다 기린은 그대로인데, 초원은 자꾸 커졌다 커지면서 얇아졌다 차라리 모두 이리로 불러와 함께 있으면 뭐라도 되겠지

나는 고개를 들었다 미소는 금세 사라지고 주름이 남았다 당신은 어디까지 가는 걸까,

누군가 냅킨을 접어 테이블을 쓰윽 닦아냈다

거기 묻어 있던 것이 무엇인지 알 수 없었다

코인 세탁소

불 꺼진 기계는 양들의 꿈속에 있나

계속하시겠습니까

다정한 말은 두번째에 차가워진다

줄무늬고양이가 지나간다
고양이 안에서 고양이를 밀어내는 것 물고기 안에서 물고
기를 밀어내는 것 지나간 고양이는 줄무늬를 돌아보지 않고
무언가 생각났다는 듯 꿈틀거린다

손거울을 든 여자가 거울이 넘치도록 웃는다
웃음은 도로를 건너 담장을 타고 열린 창으로 사라지네 여
자는 여기 있는데, 여자의 웃음은 어디까지 가는 걸까

허공이 베어문 하품처럼 구름은 조금씩 옅어지는데
어느 날 제자리에서 출현하는 꽃과 함께
모두 순식간에 일어난 일
스위치를 내려봐
기계는 빙글빙글 돌아가는 양들에게로

부르는 소리에
고양이는 줄무늬를 모아 어둠이 되고

동전을 밀어넣으면
그것은 깨끗하게 잘린 머리처럼 떨어지고
동전 밑에 무수한 동전이 있다는 것이
겹겹이
증오도, 복수도 아닌 것이

비스듬히
의자에 앉아 소매 속으로 지는 달을 본다

문을 열면 긴 터널을 마주한 기분이었지

누군가 따라 들어올 것 같았다

싱글 체어

피로한 나는 서 있기 때문이다 당신이 아는 사람이 되기까지 아는 사람을 결국 미워할 때까지 피로한 나는 내 피로로 만들 수 있는 것을 동경한다

그것은 움직이지 않고 그것은 간혹 거대한 그림자를 흘린다 내 다리는 공중에서 X자를 그린다 그때 사선으로 내리는 꽃잎

공중에서 더 천진(天眞)한 꽃잎이여
더 난만(爛漫)한 사랑이여

앉을 수 있는 것이 있으면 좋겠다
애인은 안 된다
고양이도 안 된다

그렇지 않나 사실은, 이제 사실 같은 건 중요하지 않아

기댈 수 있는 것이 있으면 좋겠다 망연히 한곳을 올려다보는 사람들을 지나 광화문에서 종로나 을지로에서 진심을얘기하는 순간이 있지 어처구니없이, 그럴 생각은 없었는데서로 민망한 표정으로

우리, 이러지 말자

나까지 이럴 필요 없잖아

미지를 동경하는 자세처럼
교차로에는 많은 사람이 서 있었다

그만, 가자

나는 눈을 뜨기 싫었다

트럼펫

연하고 부드러워,
오늘은 살을 만지며 피를 생각한다
너는 고양이를 안고 있구나

소리는 먼 곳에서 날아와 근처에 닿았다
앉은 자리를 털고 걸어왔다
비틀거리며 네 안에 자리잡았다
나는 무너졌다

깨어나지 않는 알처럼,
너는 눈물을 들고 왔다

刺

血은 얼마나 皮에 가까이 있는지 모른다

형광등이 깜빡인다
빛을 열고
빛을 닫는다

모르는 곳에 눈(眼)이 생긴다
깜빡이며
틈이 벌어진다

가까스로 목적지에 도착한 사람처럼
거기 두 손을 짚고

가여워라

언제까지

몸에서 기르던 것들이 몸을 버린다

공작

깃털을 가져왔다

깃털은,
그것은,
동물원에서 왔다
어제 새에게서 왔지

깃털은 장식용이다
처음부터 그랬다

집에 깃털을 가져왔다

너는 깃털의 아름다움을 불안해했지
밖에서
빈손으로 돌아올 때마다
나는 반짝이는 걸 주고 싶었다

오늘 너는 인사도 없이
문을 열고 나갔다

책장에서 깃털이 떨어졌다
천천히 인연이 다하듯

떨리는 그것을
손바닥으로 덮는다

이대로 있으면
누군가 우리를 데려갈 것처럼

최후의 토르소

시대를 정리한 사상처럼
깨끗하게 긴
복도였다

섬세한 퇴장을 생각하면 손끝이 차가웠다

벨이 울리고
가림막 사이로 관리인이 지나간다

어딘가 발소리가 남아 있다

누구라도 그러하듯이
당신은 깨끗하게 긴 복도를 감상한다

다시 벨이 울리고
곧 관리인이 다가오겠지
어제도 그랬다

당신은 천장의 아름다움을 말할 수 있을까

나는 천천히 몸을 기울인다
그때 기다렸다는 듯 한꺼번에 쏟아지는 것이 있다

간신히 몸을 이끌고

그와 숲길을 걸었다.

산을 굽이굽이 도는 산책로를 따라 꽃이 피었다. 꽃은 어디서 오는 걸까. 생각 없이 나와서. 그렇게 나오는 말은 다시 돌아가지 못하지. 그런 생각을 하며 걸었다. 우리는 어디로 가는 걸까. 묻고 싶었는데 물음에 대한 대답이 너무 부담스러워 나는 그냥 꽃이나 보자는 심정으로 다시 길을 걷고. 내려오는 사람과 올라가는 사람이 스칠 때 꽃은 그 사이에 있는 걸까. 작은 호수와 나뭇가지와 다람쥐 간식과 낮은 꽃들과 가지와 가지 사이로 보이는 풍경이, 하늘이 좋았다. 좋다는 생각만 가지고 내려왔다. 마을에 불이 들어왔고 굽는 냄새와 익히는 냄새 끓이는 냄새가 진해졌다. 나는 기분이 좋아져 아무 말이나 할 수 있을 것 같았다. 하지만 말이 낳는 말은 너무 약해 쉽게 죽었다. 입술은 차갑고 우리는 계속 걷는다. 마치 이 길이 말이야, 무덤으로 향하는 길이었으면 좋겠다. 그러면 평생 걸을 수 있겠다. 나는 그렇게 한 걸음씩 죽음을 유예하고 당신과 함께 걷고 싶다고 했다. 그러지 말아야 했다. 목련이 피었다. 내 말은 바닥에 널렸다.

시간은 빠르고
우리는 느린 걸음으로
어둠에 스미는 그림자를 배웅했다.

105

洗手

누가 이렇게 중얼거리는 걸까 거울 뒤에서 바쁘게, 숨가쁘게 말이 되지 못할 것들을 흘려보내는 것일까 물을 따라가나 중얼거림으로, 물을 따라왔나 한마디씩 올가미를 던지는

잔디에서 잔디로 보이지 않는 뿌리가, 울고 있는 저 남자가 내게, 그런데 아까부터 중얼거리는 것은 누구의 주술일까 어떤 종(種)의 슬픔을 따르는 기원일까

당신은 두 팔을 최대한으로 벌린다 맥시멈으로 우리는 왜 헤어질 때 더 다정한 걸까 이제 마지막이니 그대여, 마침내 보이지 않게 되었을 때 종이에서 종이가 잔디로부터 잔디가 모여 있던 손가락이 찢어지는 느낌을 이야기했다

오, 제발

그는 끝내 손바닥에 얼굴을 묻었다

해설

감각의 연금술과 미지에서의 소요
신철규(시인)

1. '불'의 기억과 '내용 없는 인간'

우리의 모든 글은 어떤 신비로운 상태에 대한 기억을 그 바탕에 두고 있다. 조르조 아감벤은 "모든 글, 모든 문학은 불의 상실에 대한 기억"*이라고 정의했다. 신비로운 요소(불)가 소진되면서 모든 신화는 이야기로 가라앉는다. 언어가 도달할 수 없는 저 깊고 어두운 미지를 향해 희미한 등불을 들고 나아가는 것이 글쓰기일 것이다. 언어는 우리가 알았지만 이제는 잊어버린, 우리 곁에 있었던 신비로운 '불'에 대한 기억을 내장하고 있다. 신비와 사물과 말이 완벽하게 조응하고 있던 그 세계는 이제 우리 곁에 없다. 양식화된 감각 속에 사물은 신비를 잃어버렸기 때문이다. 언어는 불과 글, 신비와 서사 사이를 흐르는 강이며, 신비의 망각과 소환을 동시에 수행한다. 양식화된 감각을 넘어 그 불을 향한 모험, 어떤 섬광처럼 빛나던 계시 속으로의 모험을 고독하게 수행하고 있는 극소수의 인간들을 우리는 시인이라고 부른다. 그는 이제는 죽어버린 언어를 응시하면서 잿더미 속에 숨어 있는 불씨 같은 것을 뒤적거린다.**

---

* 조르조 아감벤, 「불과 글」, 『불과 글』, 윤병언 옮김(책세상, 2016), 12쪽.
** "글을 쓴다는 것은 언어를 응시한다는 것을 의미한다. 스스로의 언어를 관찰할 줄 모르고 사랑하기만 하는 사람, 자신의 언어 속에 숨어 있는 애가를 참을성 있게 읽지 못하고 깊은 곳에서 울

여기 연금술사라고 부르는, 아니 스스로를 연금술사가 되기 위해 수련하고 있는 사람이라고 인식하는 시인이 있다.

세상에서 가장 낡은 한 문장은 아직 나를 기다린다

손을 씻을 때마다 오래전 죽은 이의 음성이 들린다 그들은 서로 웅얼거리며 내가 놓친 구절을 암시하는데 손끝으로 따라가며 책을 읽을 때면 글자들은 종이를 떠나 지문의 얕은 틈을 메우고 이제 글자를 씻어낸 손가락은 부력을 느끼는 듯 가볍다 마개를 막아놓고 세면대 위를 부유하는 글자들을 짚어본다 놀랍게도 그것은 물속에서 젤리처럼 유연하다 그리고 오늘은 글자들이 춤을 추는 밤 어순과 문법에서 풀어져 서로 뭉쳤다 흩어지곤 하는
도서관 세면기에는 매일 새로운 책이 써지고 있다

마개를 열어놓으며 나는 방금 씻어낸 글자들이 닿고 있을 생의 한 구절을 생각한다 햇빛을 피해 구석으로 몰린 잠 속에는 오랫동안 매몰된 광부가 있어 수맥을 받아먹다 지칠 때면 그는 곡괭이를 들고 좀더 깊은 구멍 속으로 들어가곤 했다 그가 캐내온, 이제는 쓸모없는 유언들을 촛

려 퍼지는 송가를 들을 줄 모르는 사람은 작가라고 할 수 없다.″ 같은 글, 19쪽.

농을 떨어뜨리며 하나씩 읽어본다 어딘가엔 이것이 책을
녹여 한 세상을 이루는 연금술이라고 쓰여 있을 것처럼 그
리하여 지금 나는 그 세상에서 오래도록 낡아갈 하나의 문
장이다 언젠가 당신이 나를 읽을 때까지 목소리를 감추고
시간을 밀어내는 정확한 뜻이다
                        ─「연금술사의 수업시대」 전문

  제목에서 '연금술사의 수업시대'라고 했으니 이 시의 화
자-시인은 아직 연금술사의 단계에 이르지 못한 누군가라
고 할 수 있다. 그는 연금술사처럼 현실 세계의 법칙을 뛰어
넘는 어떤 새로운 물질의 변화 과정에 집중하고 있다. 그가
기다리는 것은 "세상에서 가장 낡은 한 문장"이다. 태초의
신비를 간직하고 있는, 이 세계의 모든 것을 아우르는 유일
한 진리를 담고 있는 문장은 오래전에 누군가에 의해 쓰인
적은 있지만 사람들의 관심 밖으로 밀려나면서 한없이 낡아
가고 있다. '낡았다'는 부정적인 한정은 그것이 가지고 있
는 신비의 무게와 크기에 반비례한다. 가장 낡았기 때문에
가장 원초적이며, 절대로 깨어질 수 없는 진리를 담고 있는
것이다. 그는 그 문장을 찾기 위해 낡은 책들을 뒤적거린다.
단순히 훑어보는 것이 아니라 한 글자 한 글자를 손으로 짚
으면서 따라 읽고 있다. 행여 그 문장이 자신의 흐린 시야에
잡히지 않고 지나쳐버릴 수도 있기 때문이다. 그가 손가락
끝으로 따라 읽은 문장들은 "지문의 얇은 틈"을 메우며 자

신의 일부가 되었다가 "손을 씻을 때마다" 빠져나간다. 손
끝의 감각은 그 모든 문장들을 다 담아낼 수 없다. 씻겨내
려간 그 글자들 속에서 시인은 "오래전 죽은 자의 음성"을
듣는다. 자신의 사유와 감각을 온전하게 담아냈던 문장들은
그 힘과 의미를 잃어버린 채 여러 문장들과 뒤섞여 "젤리처
럼 유연하"게 물 위를 떠다니며 춤을 춘다. 하나의 온전한
문장을 이루었던 글자들은 어순과 문법이 해체되어 뭉쳤다
흩어지면서 새로운 문장들을, 새로운 책들을 써낸다.

  "오래전 죽은 자"들은 한때 광부였다. 태초의 진리라는
광맥을 찾아 곡괭이를 들고 두터운 암반을 뚫으면서 하나
의 어두운 구멍 속으로 들어간 그는 "오랫동안 매몰"되어
사람들의 관심에서 멀어졌다. 그는 살기 위해 더 깊은 곳의
수맥을 찾아 헤맨다. 자기 안으로 깊이 들어간 말들은 "쓸
모없는 유언"이 되고 만다. 아니, 누구도 들어주기 않기에
"쓸모없는 유언"이 되어버린 말들을 시인은 "촛농을 떨어
뜨리며 하나씩 읽어본다". 자신을 어둠에 가두고 희미한 빛
아래에서 보아야만, 그 말들은 흩어지거나 부서지지 않고 그
온전한 형태와 의미를 가질 수 있기 때문이다. 그 작업은 결
국 자신을 또하나의 동굴 속에 가두는 일이며, 스스로를 "오
래도록 낡아갈 하나의 문장"으로 만드는 일과 같다. 그는 자
신처럼 "가장 낡은 한 문장"을 찾는 누군가가 그 문장과 함
께 그것을 찾으려고 했던 자신을 발굴해줄 때를, 미래의 '당
신'이 '나'를 읽어줄 때를 기다리고 있다. 그때까지 그는 자

111

신의 목소리를 가질 수 없으며, 끊임없이 시간에 떠밀려갈 것이다. 태초의 뜻, 밑바탕에 깔려 있는 뜻, 그래서 어떤 왜곡도 없고 시간이 지나도 변하지 않는 '정확한 뜻'은 여전히 "목소리를 감추고 시간을 밀어내"고 있다.

제목으로 다시 돌아가자. '연금술사의 수업시대'는 이 세계에서 연금술을 완성하기는 불가능하며, 우리는 끊임없는 실험과 실패의 운명 속에서 살아가야 함을 상징적으로 드러내고 있다. 시에서 그것은 언어와 이미지에 대한 집중으로 귀결된다고 할 수 있다. 시인은 그 속에 자신을 녹여넣으면서 스스로 지워진다.* 연금술은 단지 물리적인 금속의 변질을 이루어내는 데 그치는 것이 아니라 반복된 실패와 단련을 통해 연금술사 스스로 '현자의 돌'이 되는 과정을 거쳐야 한다. 어떤 신비주의적 경험과 정신적 고양 없이 연금술은 성공하지 못한다. '나'라는 것은 작품의 창조 활동 내부, 창조와 형성의 과정 속에 머무는 것이다. 작품의 완성이 불가능한 것처럼 '나'라는 것의 완성 또한 불가능하다. 다시 말해, 주체 외부로의 발산과 내부로의 회귀가 동시적으로 일

---

* "스스로의 연마에 집중하기 위해 작품을 단념한 예술가는 이제 아이러니한 표정의 가면 외에는 아무것도 만들어내지 못하고, 자신의 살아 있는 육신을 조금도 망설이지 않고 전시하는 것 외에는 아무것도 하지 못하는 절대적으로 무능력한 인간이다. 그는 이제 내용 없는 인간이다." 조르조 아감벤, 「창작 활동으로서의 연금술」, 앞의 책, 192쪽.

어나는 자기 단련과 자기 배려가 곧 예술이 된다. "삶의 형태란 한 작품을 위한 작업과 자기 연단을 위한 작업이 완벽하게 일치하는 지점에서 주어진다."*

하지만 어떤 절대적 상태를 현실에서 구체화하는 작업은 지속적으로 이루어질 수 없다. 그것은 순간적으로 드러날 뿐이며, 하나의 순간적인 이미지로 구체화되었다가 사라진다. 그것은 양식화된 감각 또는 관습화된 양식을 무의식적으로 따라가는 것과 반대 반향으로 추동하는 자신만의 고유한 발화와 표현을 통해 창조를 이루어내는 것이다. 그것은 관습에 대한 저항이며 그 저항은 오히려 관습을 새롭게 하고 그것에 대한 새로운 관점을 부여한다. 어떤 정지의 힘과 관조, 다시 말해 '비평적 머뭇거림'이 진정한 예술을 만드는 것이다.

2. 유물론자와 심미주의자 사이에서

이동욱의 시에서 사물들은 정지한 것처럼 보이면서도 끊임없는 운동의 과정 속에 있다. 개별자들은 다른 것과 독립된 채 운동하지 않는다. 모든 사물은 작용과 반작용의 관계에 놓여 있기 때문이다. 나오다/들어가다, 붙이다/떼다, 지

---

* 같은 글, 218쪽.

나가다/빠져나가다, 담그다/빼다, 나아가다/물러나다 등의 상호 작용 속에서 모든 것들은 움직이고 살아간다. 주는 것과 받는 것, 미는 것과 당기는 것의 동시적인 작용은 교환을 기반으로 하고 있다. 껴안음과 떨림을 내장한 관계의 매혹이 우리를 살아 있게 한다.

이동욱은 사물들끼리, 존재들끼리 어떤 것도 완벽하게 붙거나 밀착되지 않는 틈과 막(膜)을 본다. 거기에서 돋아나는 것이 바로 사물의 표정이다. 사물의 모든 형태와 표정은 "가벼운 마찰"(「정전기 양식」)에 의해 일어난다. 문지름과 부딪침, 그리고 머무름 속에서 전하(電荷)들이 반짝인다. 대상의 첨단끼리 찰나에 스치면서 일으키는 불꽃들. 시인은 깊은 갱도 속으로 파고들어가는 말과 사물들끼리 부딪히면서 피어나는 감각들을 집요하게 추적한다. 어떤 판단도 없이 떠돌기만 하던 어렴풋한 인상이 분명한 형상을 얻게 되는 과정을 주의 깊게 바라볼 때 이미지가 만들어진다.

이미지는 감각적인 표면으로만 드러나지만 그것에는 폭발력과 잠재력이 숨어 있다. 이미지 안에 내장된 죽은 말들, 버려진 말들이 바로 그것의 내용이다. 보이는 세계와 초감각적인 세계의 긴장이 바로 이미지를 만들어내는 것이다. 이미지는 마치 베일과 같은데, 그것은 단순히 사물(내용)을 가리는 것만이 아니라 사물 고유의 형상을 더욱 선명하게 드러내는 기능도 수행한다. "벗겨진 베일은 더이상 아름답지 않고 밝혀진 의미는 고유의 형상을 잃어버리기 때문이

다."* 이미지는 지금 여기에 없는 것을 가시화하고 감각화
한다. 그것은 일차적으로 재현의 성격을 띠기는 하지만 그
것이 지금 여기에 있음을, 현존하고 있음을 보여준다. 그것
의 즉시성과 현재성은 우리를 아득하게 한다.

「치(齒)」는 아내를 떠나보내고 홀로 아이들을 키우고 있
는 '남자'를 화자로 내세우며 그의 불안한 내면을 보여준다.
옥상의 스티로폼박스에서 커가는 채소들은 자신이 뽑혀나
갈 것을 모르고 끊임없이 생장한다. 더 잘 자랄수록 더 잘
뽑혀나간다. 그것은 아이들의 자라나는 이처럼 뿌리로부터
집요하게 뻗어나온다. 연약한 것들이 단단해지고 날카로워
지는 과정이 생장이다. 호스에서 흘러나오는 약한 물줄기를
센 물줄기로 만들어 멀리 보내기 위해 호스의 끝을 손가락
으로 힘주어 누르듯이, 날카로운 것들은 압력에 의해 만들
어진다. 생활의 압력이 이 남자와 아이들을 더 날카롭게 할
것이다. "초식동물 목덜미를 파고드는 송곳니처럼/ 담장 위
로 박혀 있는 병조각이 햇빛과 첨예하다". 남자는 햇살에 부
딪쳐 빛나는 담장 위에 박혀 있는 병조각에서 "초식동물 목
덜미를 파고드는 송곳니"를 본다. 생활의 압력에 눌려 남자
와 아이들의 삶은 금방이라도 무너질 것처럼 위태롭다. 이
동욱 시의 직유들은 이처럼 섬뜩한 진실을 마주하게 한다.

---

* 앞의 글, 206쪽

햇빛이 지층처럼 쌓여 있다
　　　—「두 개의 손가락이 서로 알아보는 것처럼」 부분

전화벨이 울린다
신호를 기다리는 스프린터처럼
나는 고개를 든다
　　　　　　　　　—「게스트 북」 부분

물감은 팔짱을 풀어 다른 색을 껴안는다
　　　　　　　　　—「프레임, 프레임」 부분

　위의 인용에서 보듯 비유(직유)는 섬세하고 날카롭다. 햇살이 유리컵을 통과하면서 만들어내는 빛의 단층은 "지층처럼 쌓여 있"고, 전화벨이 울리면서 경직된 마음을 순간적으로 파고드는 낯선 긴장은 "신호를 기다리는 스프린터"와 같으며, 견고하게 자기의 색을 고수하고 있던 물감은 "팔짱을 풀"고 다른 색과 섞여든다. 이처럼 이동욱 시의 사물들은 이질적인 공간에 놓여 있거나 경계를 벗어나면서 그 낯선 형상을 드러내며 시적 주체 또한 불안하게 흔들리는 경계 위에 있거나 급작스러운 전환 또는 변신의 과정에 있다.

　때로는 짐작보다 가까운 곳에서
　물을 담은 병이 쓰러진다

침대에 누워 있는 동안 같은 장면이 반복된다

외부로 나온 물은 곧 방향을 결정한다
바닥을 적시며
다른 바닥을 만든다
사람들이 피해간다
물은 계속해서 흘러나온다
내겐 잠이 오지 않는다

낮에는 몇 개의 알약을 처방받았다
몸을 한 번 뒤척이는 순간
중얼거리며 물은
내게 조금 더 가까워진다
저장된 일상을 적신다
기억 위로 알약이 떨어지면
꽃이 핀다
나는 그중에서 아는 꽃을 꺾는다
끊어진 자리가 환하다
금방 다른 꽃이 필 것 같다

쓰러진 병에서 계속 물이 나온다
빠져나온 물의 양만큼

내 몸의 공기가
자진해서 병 속으로 들어간다
                        —「꽃을 키우는 내성」 전문

　이 시는 불면증에 걸린 상태를 감각적으로 형상화한다.
잠이 들 듯 말 듯한 혼몽 속에서 갑작스럽게 의식이 명징해
지면서 잠에 빠지지 못하는 화자는 쓰러지는 물병을 떠올린
다. 쓰러지고 있는 물병의 위태로움은 완결되지 않고 여전
히 진행중이다. 그것은 먼 곳에서 진행되는 사건처럼 흐릿
하다가 갑작스럽게 의식 속으로 침투한다. "때로는 짐작보
다 가까운 곳에서/ 물을 담은 병이 쓰러진다". 이 반복되는
장면 속에서 정지/휴식하고 있던 감각이 다시 살아 움직인
다. 자신에게서 달아나는 잠처럼 물병 속의 물은 "계속해서
흘러나온다". 병원에서 처방받은 수면 유도제는 효과가 별
로 없다. 물은 자신에게 무슨 할말이라도 있는 것처럼 "중
얼거리며" 내게로 점점 다가온다. 그와 함께 낮 동안의 일상
의 기억들이 의식 속을 다시 파고들고 물에 빠진 알약처럼
그것은 꽃이 되어 번져간다. 그는 의식 속에서 그것들을 떨
쳐내려고 하지만 하나를 지워버리는 순간 다른 것이 새롭게
돋아난다. 의식이 텅 비기 전까지, 그래서 흐르는 물이 멈출
때까지 그는 잠에 들지 못할 것이다. 이 미세한 감각과 그
에 따른 의식의 변화를 치밀하게 기록하는 데 충실한 이 시
는 우리가 잠에 빠져들기 힘든 상태의 고통을 구체화한다.

누군가 강물 속으로 돌을 던진다
물살은 남김없이 이물질을 껴안는다
움직이지 못하게 돌을 품어
강의 굴곡은 이토록 소란하다

며칠째 물속에 누워
돌이 풀리는 소리를 듣는다

나는 관계에서 떨어져 딱딱해진다
그동안 사람들은
몇 개의 감정을 더 포기할지 모른다

벽에 걸린 시계를 쳐다본다
가윗소리가 내 몸을 지나간다

햇빛이 들지 않는 이 방에서
나는 실루엣처럼 수척해질 것이다

새들이 가로수마다
숯불 같은 꽃을 놓고 있다

꽃물이 배인 입술을 두고

환절기를 빠져나간다

—「바이러스」 전문

　이 시 또한 「꽃을 키우는 내성」과 비슷한 시적 상황과 연상 구조에 기반을 두고 있다. 누군가 강물 속으로 던진 돌멩이에 대한 감각은 쉽게 지워지지 않고 화자의 의식 속에 침잠하고 있다. 별 뜻 없이 던진 돌멩이가 강물에서 몸을 풀듯이, 화자는 어두운 강물과 같은 "햇빛이 들지 않는" 방에 담겨 있다. 돌멩이라는 "이물질"을 품은 강물처럼 이 방은 자신의 흔적을, 살아 있음의 증거들을 조금씩 지운다. "나는 관계에서 떨어져 딱딱해진다". 물속으로 가라앉는 딱딱하고 단단한 돌멩이에 대한 감각은 여기에서 비롯된 것이다. 그는 자신의 존재를 형성하고 있던 인간적이고 사회적인 관계들마저 차단한 채 홀로 있다. 사람들과의 관계 맺음이 불러온 복잡한 감정들로부터 벗어나 자신에게 오롯이 집중하는 시간이 그에게는 더 소중한지도 모른다. 존재의 기미는 점점 희미해지고 흐릿해진다. "나는 실루엣처럼 수척해질 것이다". 육체가 자신의 부피와 무게를 줄여가듯이 나의 존재의 증거들도 조금씩 줄어든다. 이러한 모든 상황을 초래한 것은 제목에서 드러나듯 '바이러스' 때문인지도 모른다. 인간의 육체 안으로 들어온 바이러스는 모든 기관의 질서와 관계를 흩뜨리고 망가뜨릴 뿐만 아니라 그 전염성으로 사람들의 관계 또한 멀어지게 한다. 자신과 타인을 위해 유일하게 할 수 있는 일은 자기 스스로를 가두는 것이다. 나 자신 또한 바이러스의 숙주에 지나지 않다는 것을 우리는 체감하고 있다. 고통의 시간은 쉽게 끝나지 않으며 느리게 움직이는 초침은 "가윗소리"처럼 자신을 조금씩 오려내는 것 같다. 이처럼 난관에 빠져 있는 인간들과 달리 사람들의 왕래가 뜸해진 거리에 새들은 자신의 존재를 마음껏 펼쳐낸다. 아니, 인간의 활동 반경이 줄어들면서 모든 자연물들에게 이 시간은, 이 시대는 그들에게 숨통을 좀 트게 하는 평화와 안정을 가져다주었는지도 모른다. 가로수의 새들이 "숯불 같은 꽃을 놓고 있다"는 것은 새들이 가로수에 빽빽하게 들어차 있는 형상일 수도 있고 삶의 활기를 뜨겁게 뿜어내면서 서로 경쟁하듯 지저귀는 새들의 지저귐일 수도 있다. 그것이 어느 쪽이든, 인간의 고통과 무관하게 다른 자연물들의 활기에 우리는 씁쓸한 이질감을 느끼지 않을 수 없다. "꽃물이 밴 입술을 두고/ 환절기를 빠져나간다". 한때 인간을 위해 존재하는 것이라고 믿었던 꽃과 새를 포함한 자연의 질서는 우리와 무관하게 완강하게 이어진다. 꽃의 아름다움에 대한 감각적 경험과 그것을 표현했던 말은 입술에 희미하게 남아 있지만 '환절기'처럼 어떤 경계를 넘어 사라져간다.

그는 스스로 이야기하듯 "유물론에 입각한 심미론자"이다. "어떤 의지도 욕심도 없이/ 사물의 객관적인 면을 사랑"하기 때문이다(「랠리」). "시선이 닿았던 자리를 하나

씩"(「프레임, 프레임」) 모으듯이 한 편의 시를 축조해나간
다. 대상이 지각되는 것은 우리가 그것을 끌어들이는 작용
과 함께 대상이 자신의 일부를 우리에게 밀어내거나 밀어
올리는 반작용이 함께 일어나기 때문이다. 인력과 척력이
동시에 작동하는 것이 지각이다. 이미지는 유동하는 현실
(대상)에 밀착하면서도 그것을 끊임없이 배반한다. 이미지
는 양적, 질적으로 현실의 배제와 소모를 감수하는 모험이
다.* 이동욱은 '말할 수 있는 것'과 '볼 수 있는 것'의 불일치
와 간극을 최대한 줄이고 싶어한다. 그가 이미지의 운동 과
정에 집중하는 것은 이러한 욕망에서 비롯된 것이다. 그는
감정을 포기 또는 차단함으로써 감각의 완성에 이른다. 감
정을 포기해야만 얻어지는 것이 감각이라는 뜻이 아니라 감
각이 감정으로 변환되기 직전에 연상을 멈춰버린다는 말이
다. 감각이 감정으로 치환되기 이전의 미묘한 긴장 상태 또
는 머뭇거림이 이미지 속에 담겨 있다.

* "예술의 이미지는 어떤 간극, 비非-유사성을 산출하는 조작이다.
눈으로 볼 수 있는 것을 묘사하거나 눈이 결코 보지 못할 것을 표현
함으로써 어떤 생각을 의도적으로 명료하게 만들거나 모호하게 만
든다. 시각적 형태들은 파악되어야 할 의미를 제공하거나 제거한다
[뺀다]. (……) 첫째, 예술의 이미지들은 그 자체로서는 비-유사성
이라는 것이다. 둘째, 이미지는 볼 수 있는 것에만 국한되지 않는다
는 것이다." 자크 랑시에르, 「이미지의 운명」, 『이미지의 운명』, 김
상운 옮김(현실문화, 2014), 19쪽.

이동욱은 이처럼 외계의 탄력 또는 반동을 충실하게 기록하는 데 탁월한 시적 능력을 보여준다. 이것이 어떤 의미를 가지는지 판단하기는 힘들다. 단순히 자기의 내적 세계와 세계의 이미지에 대한 충실한 기록이라는 의미 외에 다른 것을 찾기는 힘들지만, 그것에 섣부른 의미를 덧씌우는 작업은 그의 몫이 아니다. 외계의 사물과 육체적 감각이 부딪치는 순간, 그리고 그 반복이 불러오는 효과(내성)를 정확하게 옮겨내면서 발생하는 의미에 대한 판단은 독자의 몫으로 남겨둔다. 그의 이미지는 '직시적'이다.* 그는 보는 주체와 보이는 대상의 공현전성(co-existence)을 바탕으로 '있음' 그 자체의 현전에 집중하면서 자신이 관찰하는 자리인 '지금 여기'에 있는 것을 독자가 대면하게 한다. 그것은 때로 냉혹할 정도로 비정한 관찰자적 거리에 의해 나타난다. 그 거리는

---

* 자크 랑시에르는 세 가지의 이미지 또는 '이미지성'의 세 가지 형태를 다음과 같이 정리했다. 첫째, 벌거벗은 이미지는 다른 형태로의 변환이 불가능하다는 사실을 적나라하게 드러냄으로써 역사 그 자체 또는 진실을 날것 그대로 폭로하고 증언한다. 둘째, 직시적 이미지는 보는 주체와 보이는 대상이 나란히 놓여 있음으로써 '있음' 그 자체를 보여주고 '여기'에 있는 것을 대면하게 한다. 셋째, 변성적 이미지는 매개적인 과정을 거쳐야만 나타나는 식별 불가능한 것, 다시 말해 '거기'에 있는 것이다. '벌거벗은 이미지'는 말할 수 없는 것을 보여주고, '직시적 이미지'는 보이는 것과 보는 행위를 동시에 보여주며, '변성적 이미지'는 보여주는 것을 통해 말할 수 없는 것에 이른다.

외부의 대상뿐만 아니라 시적 주체의 내면에도 그대로 유지된다. 마치 코엔 형제의 영화처럼 그것은 잔혹하면서도 이상하게 아름답다. 인간적인 시선과 감정이 어디에도 틈입하지 않은 냉정한 거리와 사물화된 시선이 주는 낯선 미적 쾌감이 느껴지는 것이다.

3. 여전히 이상하고 낯선 '슬픔의 도시' 속으로

자신의 모든 정신과 감각을 집중하여 물질의 형질 전환에 집중했던 연금술사는 언제까지나 어두운 작업실에 틀어박혀 있을 수는 없다. 그는 지친 몸으로 암실에서 나와 현실적인 관계의 장으로 들어선다. 자신의 육체를 유지할 자양분을 얻어야 하고, 나날의 노동을 통해 생활을 유지해야 하며, 감정의 교류를 통해 마음의 안식을 얻어야만 자신의 개체를 유지할 수 있기 때문이다. 자신의 모든 열정과 기운을 쏟아부은 그의 몸은 굳어버렸으며 감각 또한 제자리를 찾는 데 시간이 걸린다. 그는 찡그린 눈이 밝은 빛에 순응하기를 기다리면서 몸의 감각들이 새롭게 돋아나기를 기다리고 있다. 그의 눈에 비친 세계는 제대로 된 색과 형상을 갖추지 않은 채 뭉개지고 흐릿한 상태에 있다. 그는 마치 처음 본 대상을 대하듯 '탐구하는 자세'(「거미의 집에는 창이 많다」)로 이 세계와 타인들을 마주한다. 그는 이 세계의 원근과 명

암과 채도가 제자리를 찾기까지 기다리고 있는 것이다. "저
물도록 살을 비벼/ 색을 갖고 싶던 날이 있었다"(「출생」).

    플래시와 함께 당신의 웃음은 저장되었다
흩어지는 사람들을 따라
우리는 빠르게 무표정으로 돌아갔다

    필름 속에서 우리는 다정했다

    손등을 간질이는 현상액
수위에 밀려온 인상들이 도착한다

    무인도에서 연기가 자라듯
가망 없는 것들은
왜 이다지도 무성할까

    암실의 수심 속에서
믿을 수 없는 것들을 밀어올린다
　　　　　　　　　　　　　　　—「표류」전문

  이 시에서 보듯 그가 바라보았던 사람들은 과거의 특정한
시간과 상황과 표정 속에 고착되어 있다. 빛이 터지면서 저
장된 "당신의 웃음"은 이제 여기에는 없다. 다정하고 친숙

했던 것들은 과거에 묻혀 있을 뿐 현실에서 찾아보기 힘들다. 그것들은 마치 무인도에 조난을 당한 듯 애타게 구조를 요청하지만 그것이 제대로 된 형태를 찾는 것은 가망이 없어 보인다. 무성하게 돋아난 잡초처럼 그것들의 인상만 머릿속에서 뒤엉키고 있는 것이다. "암실의 수심 속에서/ 믿을 수 없는 것들을 밀어올린다". 그것들을 더 깊은 어둠 속으로 데리고 들어가 시간을 두고 오래 들여다보아야만 그것의 진정한 형태는 드러난다. 주체와 대상의 즉각적이고 지속적인 만남은 불가능하며 그것은 어떤 식으로든 시차(時差/視差)를 두고 어긋난다. 사진을 보면 나를 포함한 모든 것들이 낯설게 보이는 것은 그때의 형상과 감정이 자신의 감각과 기억과는 다른 방식으로 저장되기 때문이다. 믿을 수 없고 믿기 힘든 것들이 우리 안에 이미 있었기 때문이다.
  '내가 아닌 영역', 내가 볼 수 없는 영역을 보여주는 것이 바로 사진이며 그것을 우리는 이미지라고 바꿔 부를 수 있을 것이다. "나는 아직 내 이름과 돌아갈 곳을 말하지 않았지만 기다리지 않겠다. 여기서 수많은 이름으로 불리는 나는 비로소 내가 아닌 영역이다."(「관심 밖의 영역」) 우리는 이 세계 속에서 수많은 미지들을 만나고 그것은 타인 또는 타자라는 이름으로 우리 주위를 둘러싸고 있다. 다시 말해, "우리는 서로의 미지를 소요하는 일에 몰두"(「관심 밖의 영역」)하고 있다. 이 '미지에의 소요'가 우리 만남의 본질이며 종착점일 것이다. 우리는 서로를 밀어내는 힘으로 함께 있으며, 서로에게 이교도가 되어 낯선 말들과 생각과 감정들을 쏟아붓는다(「너는 이교도처럼 차가운 방에 누워」). 관념과 사물, 인식과 감각의 불일치 때문에 우리는 지독한 슬픔에 빠지기도 하지만, 그 불일치 때문에 우리는 달라지는 '나'와 '너'를 더 넓고 깊게 만나기도 한다.

우리는 이제 이 시집의 입구이자 출구 앞에 서 있다. 「나를 지나면 슬픔의 도시가 있고」. 이 시는 한때는 사람들이 모여 교류하면서 하나의 공동체를 이룬 도시였던 동굴을 탐험한 이야기를 그 바탕에 깔고 있다. 사람들의 생활과 습속의 흔적인 '발굴품'은 이미 시간이 박제된 '전시실'로 옮겨졌고, 검은 동공과 같은 동굴에서 그는 어둠밖에 보지 못한다. 사람들이 빈번하게 왕래했던 길은 불이 없으면 한 걸음도 나아갈 수 없는 답답한 어둠 속에 갇혀 있다. 모든 감각을 마비시킬 것 같은 깊고 짙은 어둠 속에 있다가 동굴 밖으로 나오자 '나'는 감각이 새롭게 깨어나는 신비로운 경험을 한다. 하지만 자신이 그 속에 있을 때보다 동굴이 더 짙은 어둠으로 되돌아가 있는 것 또한 목격한다. 그는 동굴 속에 들어가려고 했던 목적도 이유도 잊어버린 채 망연히 동굴을 바라본다. "밝은 곳에 있으면 어두운 곳은 보이지 않는 법이지요". 밝기의 낙차가 가져온 맹목 속에 갇혀 있는 자신을 깨달으면서 이 시는 끝이 난다. 시의 제목이며 시집의 제목에 들어 있는 '슬픔의 도시'는 슬픔으로 가득한 도시이기도 하면서 슬픔으로 만들어진 도시라는 뜻이기도 하다.

환하고 트인 세계 속에 사는 우리에게 동굴에서의 삶은 불
가능 그 자체로 인식될 뿐이며, 그 속에 깃든 사람들의 행복
과 불행, 희망과 절망이 하나의 도시를 이룰 만큼 거대했던
복잡한 삶의 내력들은 흔적도 없이 사라졌다. 어두워서 보
이지 않는 것이 아니라 보이지 않는다는 생각이 그것을 어
둡다고 느끼게 하는 것인지도 모른다. 나는 시인 이동욱이
스스로 감광판과도 같은 미지의 동굴이 되어, 이 도시와 타
인의 슬픔 속으로 더 깊이, 더 뜨겁게 들어가기를 바란다.

이동욱 2007년 서울신문 신춘문예에 시가, 2009년 동아일
보 신춘문예에 단편소설이 당선되며 등단했다. 소설집『여우
의 빛』이 있다. 수주문학상을 수상했다.

문학동네시인선 164
나를 지나면 슬픔의 도시가 있고
ⓒ 이동욱 2021

초판 인쇄 2021년 10월 18일
초판 발행 2021년 10월 25일

지은이 | 이동욱
책임편집 | 김영수
편집 | 이재현 김수아
디자인 | 수류산방(樹流山房)
본문 디자인 | 유현아
마케팅 | 정민호 이숙재 우상욱 정경주
홍보 | 김희숙 함유지 김현지 이소정 이미희
제작 | 강신은 김동욱 임현식
제작처 | 영신사

펴낸곳 | (주)문학동네
펴낸이 | 염현숙
출판등록 | 1993년 10월 22일 제406-2003-000045호
주소 | 10881 경기도 파주시 회동길 210
전자우편 | editor@munhak.com
대표전화 | 031) 955-8888 팩스 | 031) 955-8855
문의전화 | 031) 955-3578(마케팅), 031) 955-2679(편집)
문학동네카페 | http://cafe.naver.com/mhdn
트위터 | @munhakdongne
북클럽문학동네 | http://bookclubmunhak.com

ISBN 978-89-546-8295-4 03810

* 이 책은 2008년 한국문화예술위원회 창작지원사업의 지원을 받았습니다.

www.munhak.com

문학동네